Traduit de l'anglais par
Odile George et Patrick Jusserand

ISBN 2-07-056022-8
Titre original : *The Enormous Crocodile*
Publié par Jonathan Cape Ltd.
© Roald Dahl Nominee Ltd., 1978, pour le texte
© Quentin Blake, 1978, pour les illustrations
© Éditions Gallimard Jeunesse, 1978, pour l'édition française
Loi n° 49-956 du 16 juillet 1949
sur les publications destinées à la jeunesse
Premier dépôt légal : 2ᵉ trimestre 1978
Dépôt légal : janvier 2000
Numéro d'édition : 92190
Imprimé en Italie

L'énorme
crocodile

Roald Dahl

Illustré par
Quentin Blake

GALLIMARD JEUNESSE

pour SOPHIE

Au milieu de la plus grande, la plus noire, la plus boueuse rivière
d'Afrique, deux crocodiles se prélassaient, la tête à fleur d'eau.
L'un des crocodiles était énorme. L'autre n'était pas si gros.
« Sais-tu ce que j'aimerais pour mon déjeuner aujourd'hui?
demanda l'Énorme Crocodile.
— Non, dit le Pas-si-Gros. Quoi? »

L'Énorme Crocodile s'esclaffa, découvrant des centaines de dents blanches
et pointues.
« Pour mon déjeuner aujourd'hui, reprit-il, j'aimerais un joli petit garçon
bien juteux.
— Je ne mange jamais d'enfants, dit le Pas-si-Gros. Seulement du poisson.
— Ho, ho, ho! s'écria l'Énorme Crocodile. Je suis prêt à parier que si tu
voyais, à ce moment précis, un petit garçon dodu et bien juteux barboter
dans l'eau, tu n'en ferais qu'une bouchée!
— Certes pas! répondit le Pas-si-Gros. Les enfants sont trop coriaces
et trop élastiques. Ils sont coriaces, élastiques, écœurants et amers.
— ''Coriaces! élastiques!!'' s'offusqua l'Énorme Crocodile. ''Écœurants!
amers!!!'' tu racontes des bêtises grosses comme toi. Ils sont juteux
et délicieux!
— Ils ont un goût si amer, insista le Pas-si-Gros, qu'il faut les enduire
de sucre avant de les consommer.
— Les enfants sont plus gros que les poissons, rétorqua l'Énorme
Crocodile. Ça te fait de plus grosses parts.

— Tu es un sale glouton, lança le Pas-si-Gros. Tu es le croco le plus glouton de toute la rivière.

— Je suis le croco le plus audacieux de toute la rivière, affirma l'Énorme. Je suis le seul à oser quitter la rivière, traverser la jungle jusqu'à la ville pour y chercher des petits enfants à manger.

— Ça ne t'est arrivé qu'une seule fois, grogna le Pas-si-Gros. Et que se passa-t-il alors ? Tous les enfants t'ont vu venir et se sont enfuis.

— Oh mais, aujourd'hui, il n'est pas question qu'ils me voient, répliqua l'Énorme Crocodile.

— Bien sûr qu'ils te verront, reprit le Pas-si-Gros, tu es si énorme et si laid qu'ils t'apercevront à des kilomètres. »

L'Énorme Crocodile s'esclaffa de nouveau, et ses terribles dents blanches et pointues étincelèrent comme des couteaux au soleil.

« Personne ne me verra, dit-il, parce que cette fois, j'ai dressé des plans secrets et mis au point des ruses habiles.

— Des ruses habiles ? s'écria le Pas-si-Gros. Tu n'as jamais rien fait d'habile de toute ta vie ! Tu es le plus stupide croco de toute la rivière !

— Je suis le croco le plus malin de toute la rivière, répondit l'Énorme Crocodile. Ce midi, je me régalerai d'un petit enfant dodu et bien juteux pendant que toi, tu resteras ici, le ventre vide. Au revoir. »

L'Énorme Crocodile gagna la rive et se hissa hors de l'eau.

Une gigantesque créature pataugeait dans la boue visqueuse de la berge.

C'était Double-Croupe, l'hippopotame.

« Salut, salut ! dit Double-Croupe. Où vas-tu à cette heure du jour ?

— J'ai dressé des plans secrets et mis au point des ruses habiles.

— Hélas ! s'exclama Double-Croupe, je jurerais que tu as en tête quelque horrible projet. »

L'Énorme Crocodile rit à belles dents :

**J'vais remplir mon ventre affamé et creux
Avec un truc délicieux, délicieux.**

« Qu'cst-ce qui est si délicieux ? interrogea Double-Croupe.

— Devine, lança le Crocodile. C'est quelque chose qui marche sur deux jambes.

— Tu ne veux pas dire…, s'inquiéta Double-Croupe.

Tu ne vas pas me dire que tu veux manger un enfant !

— Mais si ! acquiesça le Crocodile.

— Ah le sale vorace ! la sombre brute ! s'emporta Double-Croupe.

J'espère que tu seras capturé, qu'on te fera cuire et que tu seras transformé en soupe de crocodile !!! »

L'Énorme Crocodile partit d'un rire bruyant et moqueur, puis il s'enfonça dans la jungle.

Dans la jungle, il rencontra Trompette, l'éléphant. Trompette grignotait des feuilles cueillies à la cime d'un grand arbre et il ne remarqua pas tout d'abord le Crocodile. Aussi ce dernier le mordit-il à la jambe.

« Eh, s'offusqua Trompette de sa grosse voix profonde. Qui se permet ? Ah, c'est toi, affreux Crocodile. Pourquoi ne retournes-tu pas à cette grande rivière noire et boueuse d'où tu viens ?

— J'ai dressé des plans secrets et mis au point des ruses habiles, dit le Crocodile.

— Tu veux dire de sombres plans et des ruses sournoises, insinua Trompette. De ta vie, tu n'as accompli une seule bonne action. »

L'Énorme Crocodile s'esclaffa :

J'suis d'sortie pour trouver un gosse à croquer.
Tends l'oreille et t'entendras les os craquer !

« Ah, quelle brute épaisse ! s'emporta Trompette. Ah, quel infect, ignoble monstre ! Je voudrais que tu sois brisé et broyé, bouilli et réduit en ragoût de crocodile ! »

L'Énorme Crocodile partit d'un rire bruyant et moqueur et s'enfonça dans l'épaisse jungle.

Un peu plus loin, il rencontra Jojo-la-Malice, le singe.

Jojo-la-Malice, perché sur un arbre, mangeait des noisettes.

« Salut,Croquette, dit Jojo-la-Malice. Qu'est-ce que tu fabriques ?

— J'ai dressé des plans secrets et mis au point des ruses habiles.

— Veux-tu des noisettes ? demanda Jojo-la-Malice.

— J'ai mieux que ça, dit le Crocodile avec dédain.

— Y a-t-il quelque chose de meilleur que les noisettes ? interrogea Jojo-la-Malice.

— Ha, ha ! fit l'Énorme Crocodile.

L'aliment que je m'en vais consommer
Possède doigts, ongles, bras, jambes, pieds !

Jojo-la-Malice pâlit et frémit de la tête aux pieds.

« Tu n'as pas réellement l'intention d'engloutir un enfant, non ? s'effraya-t-il.

— Bien sûr que si, assura le Crocodile. Les vêtements et tout.

C'est meilleur avec les vêtements.

— Oh, l'horrible goinfre, s'indigna Jojo-la-Malice. Le répugnant personnage ! je voudrais que boutons et boucles te restent en travers de la gorge et t'étouffent ! »

Le Crocodile s'esclaffa : « Je mange également les singes. » Et, rapide comme l'éclair, d'un coup sec de ses terribles mâchoires, il brisa l'arbre sur lequel se tenait Jojo-la-Malice. L'arbre s'écrasa au sol, mais Jojo-la-Malice bondit à temps vers les branches voisines, et s'enfuit dans le feuillage.

Un peu plus loin, l'Énorme Crocodile rencontra Dodu-de-la-Plume,
l'oiseau.

Dodu-de-la-Plume bâtissait un nid dans un oranger.

« Salut à toi, Énorme Crocodile ! chanta Dodu-de-la-Plume. On ne te voit
pas souvent par ici.

— Ah, dit le Crocodile. J'ai dressé des plans secrets et mis au point
des ruses habiles.

— Rien de mauvais ? chanta Dodu-de-la-Plume.

— Mauvais ! ricana le Crocodile. Sûrement pas mauvais ! au contraire,
c'est délicieux !

C'est succulent, c'est super,
C'est fondant, c'est hyper !
Et c'est bien meilleur qu'du vieux poisson pourri
Ça s'écrase et ça se craque,
Ça s'mastique et ça se croque !
D'l'entendre crisser sous la dent c'est joli !

— Ce doit être des baies, siffla Dodu-de-la-Plume. Pour moi, les baies,
c'est ce qu'il y a de meilleur au monde. Peut-être des framboises ?
Ou des fraises ? »

L'Énorme Crocodile éclata d'un si grand rire que ses dents cliquetèrent telles des pièces dans une tirelire. «Les crocodiles ne mangent pas de baies, affirma-t-il. Nous mangeons les petits garçons et les petites filles. Parfois, aussi, les oiseaux.» D'une brusque détente, il se dressa et lança ses mâchoires vers Dodu-de-la-Plume. Il le manqua de peu mais parvint à saisir les longues et magnifiques plumes de sa queue. Dodu-de-la-Plume poussa un cri d'horreur et fendit l'air comme une flèche, abandonnant les plumes de sa queue dans la gueule de l'Énorme Crocodile.

Finalement, l'Énorme Crocodile parvint de l'autre côté de la jungle,
dans un rayon de soleil. Il pouvait apercevoir la ville, toute proche.
« Ho, ho ! se confia-t-il à haute voix, ha, ha ! Cette marche à travers
la jungle m'a donné une faim de loup. Un enfant, ça ne me suffira pas
aujourd'hui. Je ne serai rassasié qu'après en avoir dévoré au moins trois,
bien juteux ! »
Il se mit à ramper en direction de la ville.

L'Énorme Crocodile parvint à un endroit où il y avait de nombreux cocotiers.

Il savait que les enfants y venaient souvent chercher des noix de coco. Les arbres étaient trop grands pour qu'ils puissent y grimper mais il y avait toujours des noix de coco à terre.

L'Énorme Crocodile ramassa à la hâte toutes celles qui jonchaient le sol, ainsi que plusieurs branches cassées.

« Et maintenant, passons au piège subtil nº 1, murmura-t-il, je n'aurai pas à attendre longtemps avant de goûter au premier plat. »

Il rassembla les branches et les serra entre ses dents. Il recueillit les noix de coco dans ses pattes de devant. Puis il se dressa en prenant équilibre sur sa queue.

Il avait disposé les branches et les noix de coco si habilement qu'il ressemblait à présent à un petit cocotier perdu parmi de grands cocotiers.

Bientôt arrivèrent deux enfants : le frère et la sœur. Le garçon s'appelait
Julien; la fillette, Marie. Ils inspectèrent les lieux, à la recherche de noix
de coco, mais ils n'en purent trouver aucune car l'Énorme Crocodile
les avait toutes ramassées.

« Eh regarde ! cria Julien. Cet arbre, là-bas, est beaucoup plus petit
que les autres et il est couvert de noix de coco ! Je dois pouvoir y grimper
si tu me donnes un coup de main. »

Julien et Marie se précipitent vers ce qu'ils pensent être un petit cocotier.
L'Énorme Crocodile épie à travers les branches, suivant des yeux
les enfants à mesure qu'ils approchent. Il se lèche les babines.
Le voilà qui bave d'excitation…

Soudain, il y eut un fracas de tonnerre! C'était Double-Croupe, l'hippopotame. Crachant et soufflant, il sortit de la jungle. Tête baissée, il arrivait à fond de train!

« Attention, Julien! hurla Double-Croupe. Attention, Marie! ce n'est pas un cocotier! c'est l'Énorme Crocodile qui veut vous manger! »

Double-Croupe chargea droit sur l'Énorme Crocodile. Il le frappa de sa tête puissante et le fit valdinguer et glisser sur le sol.
« Aouh!… » gémit le crocodile. Au secours! arrêtez! où suis-je? »

Julien et Marie s'enfuirent vers la ville aussi vite qu'ils purent.

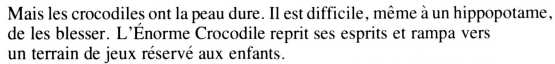

Mais les crocodiles ont la peau dure. Il est difficile, même à un hippopotame, de les blesser. L'Énorme Crocodile reprit ses esprits et rampa vers un terrain de jeux réservé aux enfants.

« Maintenant, passons au piège subtil n° 2, se dit-il: Celui-là fonctionnera, c'est sûr ! »

Pour le moment, il n'y avait pas d'enfants. Ils étaient tous à l'école. L'Énorme Crocodile découvrit un grand morceau de bois; le plaçant au milieu du terrain, il s'y étendit en travers et replia ses pattes. Il ressemblait presque, ainsi, à une balançoire.

A l'heure de la sortie, tous les enfants se précipitèrent vers le terrain de jeux.
« Oh regardez ! crièrent-ils, on a une nouvelle balançoire ! »
Ils l'entourèrent avec des cris de joie.
« C'est moi le premier !
— Je prends l'autre bout !
— A moi d'abord !
— Non, à moi, à moi ! »

Mais une petite fille, plus âgée que les autres, s'étonna : « Elle me paraît
bien noueuse, cette balançoire, non ? vous croyez qu'on peut s'y asseoir
sans danger ?
— Mais oui ! reprirent les autres en chœur. C'est du solide ! »
L'Énorme Crocodile entrouvre un œil et observe les enfants qui se pressent
autour de lui.
« Bientôt, pense-t-il, l'un d'eux va prendre place sur ma tête, alors…
un coup de reins, un coup de dent, et… miam, miam, miam ! »

A cet instant précis, il y eut un éclair brun et quelque chose traversa le terrain de jeux, puis bondit au sommet d'un portique.

C'était Jojo-la-Malice, le singe.

« Filez ! hurla-t-il aux enfants. Allez, filez tous ! filez, filez, filez ! ce n'est pas une balançoire, c'est l'Énorme Crocodile qui veut vous manger ! »

Ce fut une belle panique parmi les enfants qui détalèrent. Jojo-la-Malice disparut dans la jungle et l'Enorme Crocodile se retrouva tout seul.

Maudissant le singe, il se replia vers les buissons pour se cacher.
« J'ai de plus en plus faim ! gémit-il, c'est au moins quatre enfants que
je devrai engloutir avant d'être rassasié ! »

L'Énorme Crocodile rôda aux limites de la ville, prenant grand soin
de ne pas se faire remarquer.
C'est ainsi qu'il arriva aux alentours d'une place où l'on achevait
d'installer une fête foraine. Il y avait là des patinoires, des balançoires,
des autos tamponneuses ; on vendait du pop-corn et de la barbe à papa.
Il y avait aussi un grand manège.
Le grand manège possédait de ces merveilleuses créatures en bois
que les enfants enfourchent : des chevaux blancs, des lions, des tigres,
des sirènes et leur queue de poisson, et des dragons effroyables
aux langues rouges dardées.
« Passons au piège subtil nᵒ 3 ! susurra l'Énorme Crocodile en se léchant
les babines.

Profitant d'un moment d'inattention, il grimpa sur le manège et s'installa
entre un lion et un dragon effroyable. Les pattes arrière légèrement
fléchies, il se tint parfaitement immobile. On aurait dit un vrai crocodile
de manège.
Bientôt de nombreux enfants envahirent la fête. Plusieurs coururent
vers le manège. Ils étaient très excités.
« Je prends le dragon !
— Et moi, ce joli petit cheval blanc !
— A moi le lion ! »

Mais une petite fille, nommée Jill : « Je veux monter sur ce drôle
de crocodile en bois ! »
L'Énorme Crocodile ne bouge pas d'une écaille, mais il peut apercevoir
la petite fille se diriger vers lui : « Miam, miam, miam... je ne vais en faire
qu'une bouchée. »

Alors il y eut un froissement d'ailes : "flip-flap", et quelque chose descendit du ciel dans un bruissement de plumes chamarrées, c'était Dodu-de-la-Plume, l'oiseau.

Il voleta autour du manège, chantant :

« Attention, Jill ! attention ! attention ! ne monte pas sur ce crocodile ! »

Jill s'immobilisa et leva les yeux.

« Ce n'est pas un crocodile en bois ! continua Dodu-de-la-Plume. C'est un vrai ! C'est l'Énorme Crocodile de la rivière qui veut te manger ! »

Jill fit demi-tour et s'enfuit. Et tous les enfants s'enfuirent. Même l'homme qui surveillait le manège quitta son poste et s'enfuit au plus vite. L'Énorme Crocodile, maudissant Dodu-de-la-Plume se replia vers les buissons pour s'y cacher.

« Qu'est-ce que j'ai faim ! je pourrais manger six enfants avant d'être rassasié ! »

Aux alentours immédiats de la ville, il y avait un joli petit champ entouré d'arbres et de buissons : au lieu-dit du "Pique-Nique". On y avait disposé des tables et de grands bancs en bois, et les gens pouvaient venir s'y installer à tout moment. L'Énorme Crocodile se glissa jusqu'à ce champ. Personne en vue !

« Et maintenant, passons au piège subtil n° 4 », marmonna-t-il entre ses dents. Il cueillit une belle brassée de fleurs qu'il plaça sur une table. Il ôta un des bancs de cette même table et le cacha derrière un buisson.

Puis il prit lui-même la place du banc. En rentrant la tête dans les épaules et en dissimulant sa queue, il finit par ressembler exactement à un long banc de bois.

Bientôt, arrivèrent deux garçons et deux filles qui portaient des paniers remplis de victuailles. Ils appartenaient tous à la même famille et leur mère leur avait donné la permission d'aller pique-niquer ensemble.

« Quelle table on prend ?

— Celle avec des fleurs ! »

L'Énorme Crocodile se fait aussi discret qu'une souris. « Je vais tous les manger ! se dit-il. Ils vont venir s'asseoir sur mon dos, je sortirai alors brusquement la tête et je n'en ferai qu'une bouchée croustillante et savoureuse. »

C'est alors qu'une grosse voix profonde retentit dans la jungle :
« Arrière, les enfants ! arrière ! arrière ! »
Les enfants, saisis, scrutèrent l'endroit d'où provenait la voix. Dans
un craquement de branches, Trompette, l'éléphant, surgit hors de la jungle.
« Ce n'est pas sur un banc que vous alliez vous asseoir, barrit-il, c'est
sur l'Énorme Crocodile qui veut vous manger ! »

Trompette fila droit sur l'Énorme Crocodile, et, rapide comme l'éclair, il enroula sa trompe autour de la queue de celui-ci, et le tint suspendu en l'air.

« Aïe, aïe, aïe! lâche-moi! gémit l'Énorme Crocodile, la tête en bas, lâche-moi! lâche-moi!

— Non! rétorqua Trompette, je ne te lâcherai pas! On en a vraiment plein le dos de tes pièges subtils!»

Trompette fit tourner le crocodile dans les airs. D'abord lentement.
Puis plus vite…
Plus vite…
De plus en plus vite…

Toujours plus vite…
On ne vit bientôt plus de l'Énorme Crocodile qu'une forme tourbillonnante au-dessus de la tête de Trompette.

Soudain, Trompette lâcha la queue du crocodile qui partit dans le ciel comme une grosse fusée verte.
Haut dans le ciel… de plus en plus haut… de plus en plus vite…
Il alla si vite et si haut que la terre ne fut plus qu'un tout petit point en dessous.

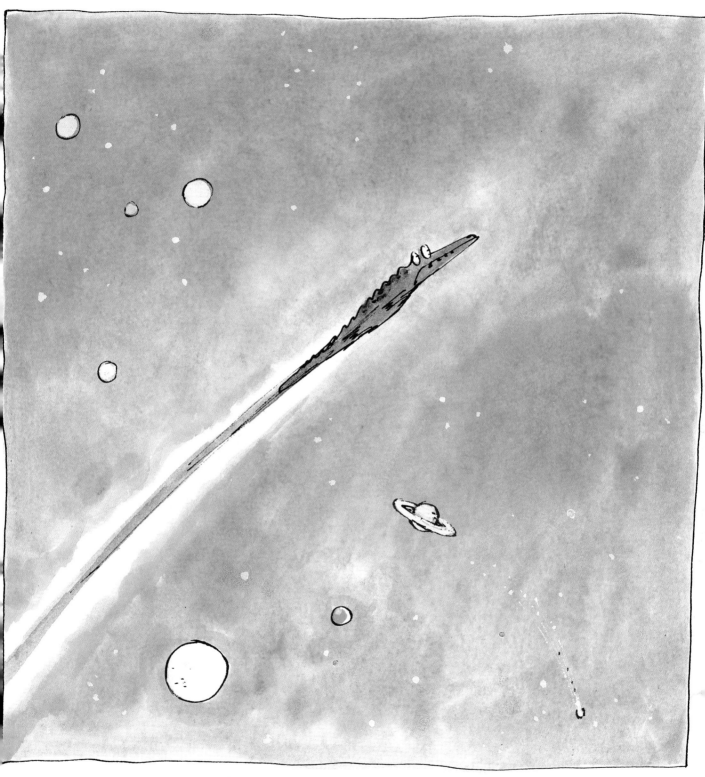

Il passait en sifflant…
whizz… dans l'espace
whizz… il dépassa la lune…
whizz… il dépassa les étoiles et les planètes…
whizz… jusqu'à ce que, enfin…

dans le plus retentissant bang !!... l'Énorme Crocodile fonce dans le soleil,
tête la première...
Dans le soleil brûlant !!!...
C'est ainsi qu'il grilla comme une saucisse !!!